Fábulas Pantaneiras

Um 'Causo' pra lá de Animal

Gilbert Zangerolame

Dados Internacionais de Cataloga9ao na Publica9ao (CIP)
(Camara Brasileira do Livro, SP, Brasil)

Zangerolame, Gilbert
    Fabulas pantaneiras [livro eletronico] :
um causo pra la de animal / Gilbert Zangerolame. --
Sao Jose dos Pinhais, PR : Ed. do Autor, 2022.
    PDF.

    ISBN 978-65-00-38510-6

    1. Fabulas - Literatura infantojuvenil I. Titulo.

22-99374   CDD-028.5

indices para catalogo sistematico:

1. Fabulas : Literatura infantojuvenil   028.5

Áquela, que em tudo que toca vira ouro;

Ao Mais que Vencedor;

Ao Beijo de Deus.

Sumário

O Sabiá e a Casa de Marimbondos

Espremido no alto galho de laranjeira, ficava o ninho que um sabiá pacientemente havia construído. Satisfeito estava ele, a alguns pousos de distância do solo recheado de minhocas de todos os tamanhos.

O dono do local curtia podar os jardins do quintal, mantendo as árvores floridas e em ótimo estado.

Não demora muito, e um enxame de marimbondos também levanta ali um cafofo no alto da frondosa laranjeira. O zumbido dos insetos era então instalado, a alguns galhos de distância do ninho do agora insatisfeito vizinho Sabiá.

Reclamar? A árvore tinha espaço pra todo mundo. Os insetos ofereciam segurança extra na freguesia. Luxo digno de condomínio residencial. Ninguém ousava incomodar o sabiá.

Como nada é perfeito, o amigo de penas cisma que a laranjeira era só dele. O plano mirabolante seria expulsar o enxame de marimbondos, via dono da propriedade.

À noite o malandro sabiá ia defecar próximo do galho. Justamente onde fica pendurada a casa de marimbondos (ainda em construção, mas já na fase de acabamento). A trama era: uma vez denunciados, os insetos seriam varridos pelo homem. Restaria ao sabiá cantar e ter a laranjeira pra chamar de sua.

Dito e feito: Incomodado com a sujeira, o homem não decide podar a árvore, mas arrancar a laranjeira com tudo!

Despejados eram: o lar marimbondês e o ninho do agora atordoado pássaro sabiá. A ficha cai para o dono, que afinal percebe que a laranjeira não dava frutos e só servia como banheiro de passarinhos.

Fórmula Matemática da Moral: (Inteligência + Estratégia) – Sabedoria = NADA.

Semente Rebelde

Uma semente de sabe-se lá o que discute, e quase parte pra briga, com outras colegas: Não tinha o desejo de ser enterrada. De morrer. Nada disso.

O colono separava os bons grãos de sementes. As inúteis não tinham parte na foto. Afinal, que sentido fazia perder tempo com elas? Ainda assim, por algum mistério, a rebelde permanece no seleto grupo.

À medida que o tempo passava, a semente seguia acorrentada em sua rebeldia. Outras sementes iam, vinham, morriam. Árvores, frutas, hortaliças, ervas eram resultados. As outras entendiam que nenhuma era melhor que outra companheira. Todos conscientes de suas posições e lugares na horta do semeador.

– Enterrada? Embaixo de sol e chuva? Arriscada a ser devorada por predadores? Tô fora!

Pessimista, a danada não economiza em críticas quanto às mudanças que todo santo grão de semente deveria sofrer antes de se tornarem plantas.

Mudam as estações e a rebelde solta o grito de basta. Não queria mais solidão e já aceitava ter sua vida repaginada. Mas sendo rebelde, não ia nem ficava.

E chega o dia, quando a seca e a fome assolam a região. Antes rico, o solo vira um poeirento deserto. Outras sementes, plantas e árvores, cessam de existir.

A rebelde finalmente dá o braço a torcer, sem se deixar cultivar. Mas é pega de surpresa, por vento forte, indo parar longe de onde tudo começou.

Um acidente de percurso, e a rebelde vai brotar em galho seco de árvore qualquer, numa estrada que levava nada a lugar nenhum. Uma linda flor tinha brotado ali.

Entra em cena um casal de viajantes, buscando por comida a pé. Ela grávida, montada em jumentinho.

No *break* para descanso, ele encontra a flor. Colhe e presenteia a esposa.

– Precisamos de comida, e não de flor! – diz a mulher irritada.

– Mulher, mulher! Foi o Deus criador quem concebeu esta flor nesse lugar deserto! – explica o marido – Ele também tem provido no momento certo! Acalma teu coração! Lembra desta flor, nesta sequidão do deserto!

Moral: A resposta para porquês é alcançada, quando o cansaço abranda a fúria de outros porquês.

Troca no Planeta dos Macacos

Como dizem por aí que só o macaco tá certo, surge o dia quando o governador-geral entende que para a terra se desenvolver, mudanças tinham que ser executadas. Sacerdote, cientista, soldado e político eram funções que precisavam ser revistas. Uma dança das cadeiras era orquestrada na sociedade primata.

– Você, macaco-prego! – disse o governador, esmurrando a mesa – Será o novo sacerdote! Como político não tá dando certo! Pensar muito na tomada de decisões, não resolve nada!

– E você gorila! – aponta e repreende o governador. Será o novo cientista! Como soldado, não tá dando certo! Muitas reclamações, quanto a excessos e truculências!

– Você, chimpanzé! – continua – Será o soldado! Como cientista, não tá dando certo! Desaparece em viagens e experimentos! Quase não vejo resultados nisso!

– Você, orangotango! Será o político! Como sacerdote, não tá dando certo! Só sabe ouvir as pessoas! Muito mal uma careta, você é capaz de expressar! – finaliza o maioral.

Espiões de outras galáxias inimigas também ficam sabendo das mudanças, e enviam relatórios aos seus chefes. Uma nova invasão ao planeta dos macacos estava a caminho. Pegos de surpresa, a macacada bota em prática as mudanças. Mas os resultados são desanimadores:

– Sacerdote, eu? Que proveito vou tirar disso? – resmunga o ex-político, macaco-prego;

– Soldado, eu? Lutar e morrer pela pátria sozinho? reclama o ex-cientista chimpanzé.

– Político, eu? Não sei falar em público! Estico meus braços e eles pensam que boto mão em cumbuca! – se expressa com palmas e caretas o orangotango.

– Cientista eu? Não tenho paciência! Já quero quebrar logo tudo! – esbraveja o ex-soldado gorila.

Ao final, os alienígenas invadem a Terra dos Macacos. Aos habitantes símios não resta plano B, senão fugir para não serem escravizados pela ETzada

E o governador maioral, que já era macaco velho, não quebrou o galho de ninguém. Foi um dos primeiros a fugir, dando banana pra todos. Foi o maior mico.

Moral: Cada macaco no seu galho.

Parceria Tubarão e Peixe-piloto

No azul do Atlântico próximo à costa sul-africana, a relação entre um gigante tubarão branco e o discreto peixe-piloto, era só maravilha. Todos saindo ganhando.

– Fique tranquilo amigo tuba! Eu me encarrego de todas as sobras de comida que venham te incomodar. Em troca, peço que me deixe navegar junto, sem interferência – explica o peixe-piloto em detalhes.

– Tamo junto peixe-piloto! Vou logo avisando pra se afastar na hora da caça! – avisa o sarcástico tubarão-branco – Vai que você também é capturado no percurso! Tenho certeza que você não vai querer isso, né!

Tudo muito bonito, até que um barco de pesca aparece na foto e vai ficando maior no retrovisor dos predadores marinhos.

Um pedaço de graúdo e sangrento atum, pendurado na embarcação, servia como tentadora isca. Atrair e fisgar um tubarão-branco eram o objetivo.

– Acho melhor tentar isso não, amigo tuba! – opina o peixe-piloto – Sabe como é! Nada é por acaso! A gente segue petiscando foquinha aqui, outro peixinho ali!

– Ô peixe-piloto! Coloque-se no seu lugar! Nadar colado não te dá nenhuma autoridade pra dar pitaco em meu cardápio! – avisa o ofendido tubarão.

– Você tem piloto só no nome! Quem dá as ordens sou eu! - era o recado.

Como de *Baby shark* aquele tubarão-banco não tinha nada, seguia ele hipnotizado pelo sangue escorrendo da isca. Com toda força e voracidade lá foi ele pra cima da isca presa ao barco.

– Tubarão! Tubarão! – se esgoela um dos homens.

E mais rápido que soletrar T-u-b-a   , Nhack! Um puxão, e era uma vez outro tubarão-branco enroscado nas redes de pesca do barco. Ainda que depois de cansado, ter-se debatido e lutado com tamanha valentia.

O peixe-piloto fica na dele. De fora e a salvo da infeliz empreitada do big fish. Pra ele, resta descolar outro tubarão para garantir almoço grátis e segurança extra.

MORAL: Força e diplomacia nem sempre nadam juntos no oceano de incertezas.

A Águia Harpia Sonhadora

Casal de águias harpia choca único ovo na árvore mais alta, nos confins da Amazônia.

– Vou ensinar meu filhote a voar alto! – se gaba o pai águia – Viajar! Conhecer os primos dele norte, sul, leste e oeste desse planeta!

– Calma lá, papi! – protesta mamãe águia – o filhote nem saiu do ovo e você quer mandá-lo pra longe!

Período de chuvas. Dor de cabeça na segurança do ninho. O casal harpia se reveza, em manter o ovo seco e aquecido, a salvo de predadores.

Estrondo de raio seguido de trovão e parte do galho da árvore vem abaixo. Papai águia suporta o peso do galho, que teria esmagado o frágil ovo.

O susto foi grande, mas papai harpia paga caro no salvamento. Sua asa direita tinha sido quebrada. E papai harpia não tem escolha:

– Você fica no ninho cuidando de nosso tesouro! Eu à caça por comida! – combina mamãe.

Um dia mami harpia sobrevoa campo aberto, com equipe de caçadores no encalço. Papai harpia vem ao socorro, mas também é capturado.

Dias se tornam meses e anos na jaula em zoo de país distante. O novo lar do par de aves de rapina.

– Ele está vivo! Voando alto! – dizia papai águia. Levantar o astral da mamãe era o que restava fazer.

De repente, estridente assobio. Casal de águias harpia livre, pousam no lado externo da jaula do zoológico. O evento atrai multidões, dentro e fora do zoo.

O filhote, agora adulto, vem acompanhado de sua fêmea. Os dois viajaram milhares de km para visitar os pais, depois de pousarem em lugares diferentes.

Moral: Sonhos se realizam para aqueles que não dormem nas nuvens.

O Bagre Malandro

Peixes de todos os tipos viviam em comunidade naquele rio: Pintados, Pacus, Dourados, Tucunarés, até Jaús! Todos se ajudavam nos momentos de perigo. Pescas e capturas eram difíceis para os pescadores.

– Socorro! – grita o bagre.

Embora avisado pra ficar longe das 'minhocas fáceis', o danado é fisgado.

– Não se mexa amigo bagre! Vamos tirar você dessa furada! – responde o prestativo e leal Tambaqui.

Não demora e o Tambaqui volta com reforços marinhos. Um Dourado, uma Tilápia e um Arunã se juntaram à trupe, pra soltar o já impaciente bagre. Eles encontraram maneira de juntos, roer a linha do anzol preso na boca do bagre.

– Só um pouquinho! Pronto! Pode nadar livre! – avisa o peixe dourado, encabeçando o plano de resgate.

Mas a partir dali os gritos de socorro do Bagre viram uma constante. A peixarada demorou a entender que o Bagre fazia de propósito. Buscar o que comer nos fundos do rio, não era a dele. Gostava de evitar a fadiga.

– Ué, se tem minhoca pendurada, fácil de pegar, porque tenho que olhar pra baixo? – questiona o Bagre – sou escorregadio mesmo! Pra me capturar, só se for à unha! – gaba-se para a companheira Carpa.

– É tudo armação do Bagre! Ele tá usando nossa boa fé pra salvar o couro dele – revela dona Corvina.

– Dor de barriga não dá só uma vez! – avisa o Dourado.

Foi no domingo, quando canoas de pescadores se espalharam por todo canto do rio. E o Bagre não ia deixar em branco a oportunidade de mordiscar outra vez.

– Socorro! – de novo o bagre.

Nervoso por não aparecer ninguém, o Bagre entra em pânico e se esgoela de gritar. O desespero faz com que lute feroz contra linha e anzol.

Vencido pelo cansaço, o Bagre é capturado. O pescador malandramente usa um puçá pra trazê-lo à bordo da canoa, enquanto os outros peixes do rio se entreolhavam.

Moral: Malandro demais se atrapalha (provérbio brasileiro).

O peixe que Engoliu uma Moeda

Nas profundezas daquele lago em Israel uma curiosa Tilápia fuça o solo arenoso. O peixe tropeça na carga de moedas no interior de um barco afundado.

– Que serventia tem isso pra nós, criaturas marinhas? – diziam os amigos, diminuindo o feito. – Serve sim, pra brilhar e chamar predadores em nosso encalço!

Outros seres do lago diziam que era tudo mentira. Impossível uma carga naquele lago de água doce.

Cansada de ser humilhada, a Tilápia decide voltar ao lugar do tesouro. Chama o colega peixe Carpa. Mas pra ele seria 'peixicídio' arriscar a pele naquelas profundezas.

Voltando ao tal barco, a Tilápia Inspeciona mais a fundo. Topa num velho baú de moedas de prata de todos os tamanhos e valores.

– Voltar e falar sobre isso, não vão acreditar mesmo! – raciocina a Tilápia.

E o peixe decide levar na boca a maior moeda que pudesse carregar.

– É verdade! – constata um peixe Tristramella;

– É um tetradracma! – identifica o bagre.

Por razões sobrenaturais, a moeda vira bagagem. A Tilápia só a vomitava pra se alimentar. E os outros peixes teimam em falar da Tilápia.

– Ué, mas a Tilápia agora só vive em função da tal moeda brilhante? – fofoca outra Carpa.

Um dia certo homem lança uma linha de pesca. Faminta, a Tilápia se lança para a minhoca do anzol, e é fisgada, com moeda na boca e tudo mais.

O homem captura e cuidadosamente a retira do anzol. Abre a boca do peixe, retém o tetradracma de prata e lança o peixe de volta às águas do lago.

E a reputação da Tilápia se espalha pela região, inclusive entre os humanos.

Diziam ser ela, a mesma Tilápia personagem em outra pescaria. Ela e outros quatro de sua espécie teriam alimentado milhares de pessoas num só evento.

Moral: Pequenos seres, grandes feitos.

O Galo que cantou Três Vezes

A alegria logo se transformou em decepção nas bandas da Palestina, quando um dos pintinhos nascidos crescia um galo covarde e medroso. Motivo de chacota, sua negativa reputação se espalha entre galináceos de outros poleiros vizinhos.

– Não é possível senhor galo! – diziam os sábios e velhos galos empoleirados.

Reza a lenda dos mais antigos, que o galinheiro daquela cercania tinha sido ameaçado por um temido chacal. À noite o predador espreitava a melhor oportunidade de afanar ovos, pintos e até frangos indefesos.

– Cuidado amigo! Aquele galinheiro é bem vigiado! – avisa a raposa – porque não atacarmos juntos?

A intenção do chacal era confundir a rival. Se o ataque fosse bem sucedido, nascia a oportunidade para que afanasse também a parte combinada da raposa.

Mas o galinheiro tinha um rígido sistema de alerta. Cada galo que crescia, fazia testes de canto para avisar sobre ataque de predadores no interior do galinheiro.

– É mais fácil o seu galinho cantar três vezes, do que alguém invadir o galinheiro! – dizia o galo chefe.

Certa manhã os humanos da região estavam distraídos com rumores da prisão de alguém de fama. O galinheiro estava às moscas. Oportunidade dourada para a dupla, chacal e raposa agirem.

O galinho covarde desconfia:

– Invasores! Acordem! – grita o galinho covarde.

Mas sua voz era tímida e ninguém deu a mínima.

De repente um fenomenal cocorocó. O galinheiro ensaia toque de alvorada. Mas nem os galos vingativos acordam, conforme os simulados treinados.

Novo cocorocó alto. E a galinhada acorda.

– Acordem! Invasão! – gritavam outros galináceos.

Novo e último cocorocó, e os penetras fogem.

Humanos que ouviram o terceiro canto viam maravilhados o galo, e de onde ele tinha vindo.

Naquela manhã, um covarde morreu; um novo personagem nasceu.

Moral: De quem menos se espera, pode vir a solução de um problema.

O Enigma do Jumento e os Cavalos Árabes

Na capital, havia um importante negociador de cavalos de raça. Autoridades compravam e alugavam com ele. No seleto grupo de animais havia dois da raça árabe. Um belíssimo negro: montaria para príncipes e princesas; Um imponente branco: para reis e governadores.

Também havia um jumento xucro, cujo lombo ninguém ousava montar. De tão rebelde, o bicho mal servia para levar feno para outros cavalos das baias.

Um dia os dois cavalos árabes foram roubados por andarilho, que amarra os animais e no mais rápido galope, foge com eles, presos e firmes à sua montaria.

O jumentinho persegue e alcança eles, à noite.

– Vamos pessoal! – apressa o jumentinho – Vou roer a corda e pra casa todo mundo!

Dito e feito: os três retornam ilesos, para espanto do comerciante, que ainda chorava arrasado pela perda.

Refeito e com os animais de volta, o proprietário confessa que em sonho, sabia que eles voltariam.

E dizia que, para o jumentinho rebelde, uma missão especial o aguardava. Algo que nem ele mesmo entendia o que era. Um enigma que lhe subtraia noites de sono: *"O Senhor o há de mister"*.

E foi num domingo quando os cavalos árabes foram alugados para evento especial. Iam servir de montaria para altas autoridades palestinas.

– Vamos amigo! Será uma festa importante! – insistem seus amigos cavalos árabes.

E o jumentinho decide ir junto.

– Ué, porque estão levando o jumentinho? – pergunta o dono a dois homens que vinham sem avisar.

– O senhor o há de mister! – respondem eles.

O enigma era então revelado, com o Incrível fato do jumentinho ter sido levado em paz, sem rebeldia.

Os dois cavalos árabes viveram suas vidas transportando prefeitos, generais, reis e governadores.

Naquele domingo o jumentinho tinha transportado o rei dos reis.

Moral: Amizade é cara. Lealdade não tem preço.

A Formiga Líder por um Dia

Uma formiga operária se desgarra da longa fila indiana de companheiras formigas, que as levavam até ao formigueiro. Sem imaginar, ela se torna líder delas.

A responsabilidade pesa, quando a pequenina se dá conta que teriam de percorrer o traçado em campo aberto. E a formiga líder tinha que pensar rápido.

– Vamos pela trilha do sol – Diz a companheira.

Elas sabem que o caminho ao sol não tinha predadores. Em compensação, era bem mais longo. E o sol naquele verão cobraria alto preço na tentativa.

– Vamos pelo caminho da sombra! – sugere outra.

Elas também sabem que o caminho da sombra é o mais rápido. Mas os perigos ainda dobram, com predadores de todos os tipos e tamanhos.

A formiga líder então toma a decisão de utilizar os dois caminhos ao mesmo tempo. Lidera a fila de formigas em formação ziguezague.

Também decide que nas horas de maior calor, percorreriam o caminho das sombras, deixando à frente alguns batedores e soldados para proteção das amigas.

E nas horas de menor intensidade do sol, apressariam a marcha. Compensar o maior tempo gasto nas sombras seria a estratégia adotada.

Assim, a linha de formigas perdidas alcança com sucesso o restante da fila original. E transportam com segurança as sementes ao formigueiro, sem perdas.

Moral: Pensar uma vez é bom; Pensar duas vezes é melhor; Pensar três vezes é fazer nada.

O Sapo que Coaxava por Cima do Muro

Um sapo-cururu se aventura longe da margem do banhado. Vai parar num alto muro que separa duas casas. Casa vizinha à direita do muro, um grupo de cães de um senhor; Casa da esquerda, gatos de uma dona.

Os grupos se odiavam. Vez em quando um gato ou um cão desavisado ultrapassava os limites. E tadinho daquele quando isso acontecia!

Como de bobo o sapo não tinha nada, ele se oferece como mediador das brigas entre os animais. Moeda de troca: parte da ração dos bichos.

E o anfíbio-político combina em segredo com cada grupo, sistema de comunicação. Sequência de dois coaxares com os cães; três coaxares com os bichanos.

Os cães entendem que o sapo-cururu serviria de espia para eles, contra os inimigos gatos.

E no outro lado do muro, são os gatos que também confiam nos serviços de X-9 do sapo-cururu.

A coisa degringola, quando o olho do cururu fala mais alto. O senso de julgamento do verruguento, ora pendia para o lado onde a ração era mais saborosa.

E os cães flagram o sapo tramando contra eles. No dia seguinte, foi a vez dos felinos avistarem o *mui amigo* sapo-cururu aceitando suborno.

Desconfiados, os grupos pedem trégua. Enviam representantes. Saber quais as reais intenções do cururu, era a agenda. E esperar o grande momento, quando o sapo-cururu ia para o alto muro dar o ar da graça, assim como fazia todas as noites.

– Aposto que o nobre cururu se lembra do que comeu ontem conosco! – rosna, o líder alfa dos cães.

O sapo dava uma sequência errônea de três coaxares. Os cães se entreolham e apostos ficam.

– Nós é que apostamos que o sapo-cururu se lembra do petisco, que comeu de se lambuzar ontem conosco, não é sapinho! - desafiou o líder felino.

O sapo entende a enrascada que tinha se metido. Mesmo assim emite sequência errada de dois coaxares.

O bastante para que os grupos se digladiassem para tentar alcançar e agarrar do alto muro o cururu.

Moral: Ficar por cima do muro, a queda pode ser mais doída.

O Congresso dos Roedores

Todos os anos, roedores dos cantos do planeta se reúnem pra discutir problemas comuns à ratarada. Castor canadense, Esquilo voador siberiano, Chinchila do Peru, Rato-canguru norte-americano, Capivara brasileira. Porco-espinho sul-africano, Porquinho-da-índia, Rato japonês,... E a lista não terminava.

Alternando oratórias, os roedores levam e atestam suas reclamações quanto ao preconceito que, segundo eles, sofriam. Não só do homem, que os considera como pestes, quanto entre eles mesmos.

Não demora e a vaidade toma conta. Embriagados pelo 'você sabe com que está falando' se torna a pauta naquele congresso.

– Eu, castor, sou útil à sociedade. Tenho habilidade de construtor! – se gaba o dentuço do Canadá;

– Eu, Chinchila, sou útil à sociedade! Minha pele é apreciada e protege do frio! – diz o representante andino;

– Eu sou o maior roedor do mundo! – dizia a capivara pantaneira;

– Eu o único capaz de voar, digo, planar! – grita o esquilo-voador russo;

De repente um rato de esgoto aparece de penetra no evento. Molhado e maltrapilho, o roedor pede licença, e senta numa das poltronas da frente.

Enojados e constrangidos, os organizadores praticamente empurram o porquinho-da-índia para mostrar a porta dos fundos ao indesejável do esgoto.

– Aqui não é lugar pra você, seu rato! – disse o porquinho-da-índia – Falo em nome dos companheiros roedores do mundo. O senhor não tem credenciais aqui!

– Minhas sinceras desculpas pela intromissão!

Visivelmente sem graça, o roedor explica que veio pra avisar os companheiros roedores, que o perigo mora ao lado. Um seminário de felinos de todos os tipos e tamanhos aguardavam o *coffee break* para entrar e capturar quantos roedores pudessem.

Também explicava que a única escapatória seria pelo esgoto e que, caso não soubessem nadar, lá estaria ele pra ajudar no que fosse necessário.

Moral: Aparência pessoal não mede caráter; e nunca é tarde demais para ouvir um parecer honesto.

Homicídio no Circo de Pulgas

– A equilibrista está morta! – grita o diretor, senhor carrapatão.

Na barriga do vira-latas, jazia a equilibrista sem vida. Tentam acordá-la, mas sem sucesso.

– Sempre na balança, com um pulo ia à França! – chora o palhaço Pulgueria.

Em minutos o local era infestado de autoridades pulguentas do cão policial.

– Ninguém mexe. Ninguém toca em nada! – dizia o chefe dos peritos.

Ele analisa o local. Pula pra cá. Pula pra lá. Colhe informações. Nada.

– Melhor se coçarem e dizer o que houve! – disse o chefe de polícia.

Nesse instante, o musculoso Mr. Pulgão se lembra de algo relevante:

– Sim ele disse que ia dar um pulinho na cidade! – solta Mr. Pulgão.

O sumiço do mágico *El Sarnero* aponta-o como suspeito de cara.

Outras pulgas da parte baixa disseram que *El Sarnero* tinha pulado pra outra parte da região - um lugar longe pra cachorro!

– Ele tava procurando sarna pra se coçar! – observa uma delas.

Chega a vez de intimar outras pulgas de um *Scotish Terrier*. Tiveram que arrumar um tradutor pra pulga gringa. Nada feito. Nada resolvido.

Pulgas bombeiro tinham visto algo na parte de cima do cão Dálmata. Falso alarme.

Quase jogaram a toalha, ao interrogar pulgas da academia de lutas marciais do cão boxer vizinho. Nada sabiam. Nada tinham visto. Nada de novo!

Autoridades comunicam a localização e apreensão de *El Sarnero*. O mágico tinha viajado para terras frias. Uma espelunca pulguenta e fria no Husky Siberiano.

Acordos de extradição validados. De volta ao vira-lata doce vira-lata estava *El Sarnero*. Teria que explicar sobre o óbito da equilibrista, sem pula-pula.

Dizia ele que foi um acidente. Um truque de mágica tinha sido combinado com a expert nas acrobacias, mas *El Sarnero* tinha pulado fora com medo.

O que tinha ocorrido, segundo o mágico, era que o terremoto causado pela coçadinha do vira-lata, fez com que ela se desequilibrasse.

MORAL: Se é nos detalhes onde mora o diabo, ele deve estar com a pulga atrás da orelha.

O Camelo de Carga e o Cavalo de Corrida

Eles dividiam o mesmo espaço no porão do navio, enquanto durava a longa travessia do Atlântico. Lado a lado, duas situações adversas.

Na baia da direita, o cavalo: um imponente mustangue negro. Valia o resgate de um rei. Mimado, escovado e alimentado com maçãs e água tratada. Grande campeão nas competições mundiais.

Na baia da esquerda, o Camelo: animal de carga, que mal exibia corcovas de tão rodado e maltratado. Alimentado por arbustos e água de vez em quando.

– Vida miserável essa, amigo dromedário! – em tom sarcástico o cavalo.

Reclama da rotina de competições, fazendo pouco caso dos tipos de maçãs ofertados.

– Não sou dromedário e sim camelo! – responde o camelo tentando animá-lo – Mas tente enxergar o lado positivo, amigo eqüino. Logo estaremos em terra.

– Lado positivo? Enxergue-se, senhor camelo! Somos animais abusados pelo homem. Não somos donos de nossos próprios caminhos! – protesta o mustangue.

– Mas até que poderia ser pior, você não acha?

O cavalo sacode a cabeça como que não acreditando no que estava ouvindo da parte do camelo. Para o mustangue tudo era muito injusto.

O navio chega afinal. Os animais são desembarcados e despachados para seus respectivos lugares: O camelo aguarda a vez de ser levado à terras áridas. Iria transportar pesadas cargas, seguir longos trajetos e receber pouca água, como de costume.

O mustangue também aguardava seu destino: Após um dia de treino, seria levado para pernoite em baia especialmente desenhada para ele. Teria pêlo escovado, seria alimentado e participaria de outra competição.

Outra corrida e outra viagem para o mustangue, colecionador de títulos. Ele retorna à terra natal, cruza outra vez o Atlântico, porém fazendo o caminho inverso. Dessa vez divide o porão com jumento camponês.

– Vida dura essa, amigo asno! – começa o cavalo.

Novamente reclamando da rotina tão miseravelmente injusta, que o destino pra ele reservara.

MORAL: É possível contar um monte de mentiras, só falando a verdade.

O ET, a Onça e o Abraço do Tamanduá Jedi.

Um ser de outro planeta é teletransportado para o meio do cerrado. Estava à cata de animais para inflar o banco de dados com experiências interplanetárias.

O esquisitão, estilo Arquivo X, avista um tamanduá-bandeira perambulando atrás de formigueiros em campo aberto.

– Alô, base! Acabo de encontrar um animal de fácil captura. Aparência idiota e que só bota a língua pra fora! – relata o espião ET à sua gente, á milhares de anos-luz.

De repente uma onça-pintada rouba a cena. À distância, sem ser notado, o ET permanece. Observa e tira notas do comportamento dos animais.

Ligeira, a onça-pintada chega de mansinho para aplacar o bote e era uma vez um tamanduá-bandeira.

Mas o felino não conta com a astúcia do tamanduá. Ele se apoia nas patas traseiras e aguarda de braços abertos a onça-pintada na hora do 'vamo ver'.

– Abraçar e saudar outro animal hostil? – exclama o confuso extraterrestre, coçando as longas antenas.

Depois da análise da onça-pintada, eis que o felino salta contra o tamanduá. Péssima decisão: O linguarudo encaixa um clinche de boxe na onça, ainda em pleno vôo. Suas garras cravam as costas da onça, que agora berrava feito gatinho manhoso.

Depois de sofrer um bocado, a onça finalmente se livra do abraço mortal. Berrando de dor, a onça-pintada se esquece da fome e parte em fuga pra longe dali. O tamanduá-bandeira permanece em alerta, mantendo pose e gingado de braços abertos.

Pêlo e sangue da onça nas garras do tamanduá capoeirista foi o resultado. Tomado de pavor intergaláctico, o ET trata de enviar relatório telepático.

Explica aos superiores extraterrestres que a melhor coisa era serem "amigos da onça". Para o ET o felino sim, deveria posar de cobaia para tais experiências.

– Sabe como é! – explica o ET - A onça nós sabemos como vai reagir na hora de beber água! O Tamanduá não é nossa praia! Deixe quieto! – completou.

E antes de terminar o didático experimento:

– Paz e a força estejam contigo, mestre Jedi! – saudava o agora cabreiro ET, ao tamanduá-bandeira.

Moral: Não mexer com quem está quieto também vale para pessoas, animais e seres lunáticos.

O Jacaré Bom de Papo e o Tatu jeca

Três jacarés aterrorizavam a bicharada na travessia do córrego. Bote certeiro e refeição garantida, era a trama dos sangues-frios. Na base da conversa mole, um jacaré-de-papo-amarelo ficava à margem, na parte rasa do canal.

Sua função era convencer animais a cortar o atalho, pra chegar ao outro lado. Enquanto isso, outros dois jacarés ficavam à espreita, cuidando que outros bichos não soubessem de nada.

Caxinguelê, veado-campeiro, capivara. Até um gato-maracajá teve passagem só de ida naquela criminosa travessia. Os bichos iam sendo alcançados, estraçalhados e devorados pela gangue de répteis.

— Ué porque tá chorando, amigo jacaré? — pergunta um tatu-bola que aguardava a vez na travessia.

— Sabe como é cumpadre tatu — dizia o sonso papo-amarelo, derramando lágrimas de crocodilo — a emoção de convencer amigos animais do perigo na ponte construída pelo bicho homem! Muitos companheiros foram capturados lá!

Papeando e mantendo a distância, o tatu-bola reparou que outros bichos que haviam atravessado o córrego sequer haviam retornado.

– Ô cumpadre jacaré! – começa o tatu-bola.

– Ocê num acha a travessia marota não, sô? Já volto! – rebate o tatu-bola, com olhar de mira.

E o tatu-bola parte pro buraco, próximo da velha ponte. Resgata uma camisa de time de futebol largada na rota. Volta pra onde estava o jacaré, exibindo a camisa a tiracolo, com uma ideia em mente.

– Uma camisa! Tem bicho homem aqui perto? – pergunta o jacaré em pânico.

– Nada sô! – emenda o tatu – É um daqueles caçadores que joga futebol pro lado da ponte! Ocê cridita que eles pensam que sô bola e ficam me chutando pra lá e pra cá! Acabei rolando com a camisa de um deles.

A deixa para que o jacaré-de-papo-amarelo abortasse a operação. Ele avisa os outros e vaza do local sem piscar. Os jacarés sabiam do estrago de um caçador. Ainda mais de um time deles.

Moral: Pra curar conversa mole, xarope de conversa fiada é batata e não faz mal a ninguém.

Amizade entre Carcará e Gavião

Juntas, as outras de pena não tinham vez. Rapidez e agilidade eram quilates adicionais. *Game over* para qualquer passarinho incauto.

– Issaí amigo carcará! – incentiva o gavião-carijó.

– Que nada, parceiro carijó. Você é o cara!

As aves iam se aperfeiçoando na arte de voar, mas o orgulho pousava na relação. Com o passar do tempo os pássaros mantêm o leal pacto de ajuda mútua, mas o prazo de vencimento da união estava por um fio.

– Tudo bem amigo carcará! Mas você tinha que intervir em minha área? – reprime o gavião-carijó.

– Não estaria planando por essas cercanias, se você não tivesse afugentando a passarinhada de minha vizinhança! – respondia o carcará, fazendo cara de nojo.

Outros bicudos da vizinhança tinham notado o ruído na relação dos dois. Porém continuavam seus determinantes papéis na lei da mãe natureza.

O Carcará tenta espairecer, num casual rolê. Ele sobrevoa a bem guardada comunidade de bem-te-vis no alto da araucária. A pedra da invasão é cantada porbem-te-vi 'fogueteiro' tocaiado na rede elétrica.

Resultado: A aventura não dá liga e um grupo de bem-te-vis casca grossa, abate e expulsa o carcará, sob saraiva de bicadas. A fracassada investida do carcará fulmina com sua reputação. Isso para escárnio do antes *mui amigo* gavião-carijó.

E chega a vez do carijó provar do remédio, dando rasante em terreno alheio. Mas esqueceram de avisar do plano de voo ao casal de quero-queros que lá residem.

As aves acham que o espaço não era pro bico carijó. Sem direito a pouso forçado, os quero-queros vão ao encalço do intruso, que quase é depenado em pleno voo. Juntado os cacos, o gavião-carijó se maloca num ipê, até que a poeira baixasse.

As humilhantes experiências das aves de rapina fazem com que não se bicassem mais. E a passarinhada capta o recado: juntos são capazes de botar pra correr qualquer gavião tirano ou carcará metido a valentão.

MORAL: Criticar é arrastar asa pra falta de compromisso, cedendo brecha a bicadas alheias.

Diógenes, o Touro Profeta

– Sim, o touro é falante sim! – dizia o fazendeiro.

No início eram gargalhadas e zoações do público que lotava o evento agropecuário. Depois, sabendo do histórico de separação, abandono dos filhos e problemas com autoridades, os burburinhos eram inevitáveis.

– Tu é louco, cara! Vai se tratar! – gritam outros.

Mas o objetivo de Mathias era fechar negócio com algum interessado no animal. O fazendeiro dava corda à imaginação sem limites sobre o touro falante!

O 'causo' teve início numa época de vacas magras. O fazendeiro Mathias se depara com o bezerro abandonado, maltratado, no roçado da fazenda.

O animal que não tinha marcação de ferro na parte traseira é levado, tratado e recuperado por Mathias e sua família. Era batizado com nome de Diógenes, em homenagem a alguém da família do fazendeiro.

– Tens sido bom comigo, fazendeiro Mathias! Sua recompensa baterá em sua porta em três dias! – disse-lhe um touro em sonho.

Mathias acorda assustado naquele dia. Conta pra esposa. E ambos dão boas gargalhadas do sonho.

Na vida real, as colheitas daquele homem do campo amargam prejuízos. Cafezinho, água gelada e tratamento vip do banco eram coisas do passado.

– Uai, telegrama pra mim! – exclama Mathias.

O fazendeiro tinha recebido herança do velho tio. Alguém de nome Diógenes. Cumpria-se a misteriosa profecia no espaço de três dias contados.

Perdido em nuvens, Mathias não esconde o segredo. Resultado: Parentes de sul e norte, acariciam-lhe a vaidade, todos com pires na mão. Fórmula infalível para que as reservas financeiras logo secassem.

Assim, o fazendeiro Mathias perde a oportunidade de prover à família. Fácil veio em sua mão. Fácil esvaiu-se por outra, como pó ao vento. Força novo sonho profético do touro Diógenes. Silêncio foi o que restou.

Sozinho e tendo as faculdades mentais abaladas, o fazendeiro tenta vender o agora touro por qualquer preço.

MORAL: Quem muito fala, dá bom dia a cavalo (provérbio brasileiro).

A Travessia da Boiada

Período de cheias das águas dos rios em janeiro e a boiada nervosa. Comitivas de tropeiros buzinam seus berrantes e cuidam que nenhum se perca.

Três bois se destacam como líderes: O touro Nelore branco; a vaca leiteira Holandesa e o boi Pampa negro. Nada passava sem o pitaco dos três da estância.

– Combinado malhado! A comunidade aprecia o sacrifício! – é o morde e assopra dos líderes bovinos.

O vulnerável malhado seria empurrado à frente. Os peões iam bater o olho, e separariam o infeliz pra boi de piranha na travessia do rio. Os bovídeos seguiam a mesma vida de gado: caminhões, experiências e abate.

– Traz o boi ladrão! – grita o capataz.

Toque do berrante e chega, sem dar pra trás. Mesmo que na hora, as piranhas devoram as entranhas, e só couro e ossos do boi ficariam pra contar história.

– Guarda a faca, peão! O ladrão é esse não! – decide o capataz no finzinho.

Uma balsa veio ao encontro da comitiva, sem avisar. A tropa seria levada pro outro lado sem prejuízos. Embora a milagrosa sorte do malhado não escondesse a raiva, inveja e decepção de outros chifrudos.

– A vez dele vai chegar! – solta a vaca leiteira.

– Um malhado pra mudar a tradição aqui! – grita o Pampa.

– No retorno tudo volta ao normal! – afirma o nelore branco.

Com o baixar das águas na invernada, o malhado tinha ganhado peso e curado das bicheiras. A pata antes ferida, agora nova.

Sem explicações, o estancieiro identifica o malhado como de genética resistente. Separa e transporta o malhado pra quando depois de ganhar peso, for leiloado em commodity no mercado internacional.

Com olhos vermelhos de raiva, a vaca holandesa, foge e vai atolar-se num brejo difícil pra peão alcançar; Tomado de escancarada inveja, o pampa entra na fileira, mas vira bife em restaurante da capital; Decepcionado o Nelore fica doente, perde peso e é votado boi ladrão na travessia seguinte.

MORAL: Quem nasce pra boi de piranha, não vive pra virar churrasco. O resto é conversa pra boi dormir.

UFC na Terra das Araras

O estopim das hostilidades teve início com filhote Canindé adolescente. Durante as práticas de voo, o bicudo se aventurou a roubar frutos num urucuri de propriedade de dona Arara-azul que ficou invocada.

– Vá catar coquinho! – rebate a Arara-canindé.

Uma sequência de gritos, insultos e intimidação das partes, dá início.

Um marombado joão-de-barro acorda com o fuzuê. Sai do ninho encravado no poste e mete o bedelho na briga, chegando e já falando grosso.

Na base do "deixa – disso", tenta acalmar os bicudos. Tudo parecia sob controle. Os outros pássaros ensaiavam ir embora e cuidar de suas vidas.

– Você, João-de-barro, não passa de um servente de pedreiro sem vergonha! – grita dona Arara-canindé.

Pronto: As duas esquecem-se de bicarem e se vêem num frenético pega pra capar o joão-de-barro. Pra desvencilhar, ele ciscava pra cá, ciscava pra lá.

A Arara-azul gingando com passo de urubu malandro, do nada, aplica voadora na Canindé.

A Arara-canindé, por sua vez, recua. Mas fica movimentando a cabeça, como que mirando alvo.

Entra em cena uma Ararajuba, que na intenção de fazer bonito e arrastar a asa pro lado da Canindé, aplica um rabo-de-arraia no joão-de-barro.

Amedrontado e atordoado, o construtor de ninhos de barro joga a toalha e pede pra sair.

Diz um ditado que é preciso dois, pra dançar o tango. Mas o baile de bicadas e empurrões, ganha adeptos extras: Arara-maracanã, Arara-vermelha e uma gringa Cacatua Australiana que era intercambista e só estava de visita.

Até hoje não se sabe quem começou o quê. O pior é quem dava cobertura do ocorrido: O velho papagaio *News*.

E a passarinhada mal podia esperar o que o repórter ávido por sangue alheio, ia tirar da cartola daquela vez.

MORAL: Papagaio come milho; periquito leva a fama (provérbio brasileiro).

Lobo-guará Aprendiz

Momentos do zoo fechado, lá ia novamente a hiena empanzinada com outra de suas incontáveis aventuras na Savana africana.

– Ué, essa não peguei! – solta a lontra.

– Vamos de novo! – bufa a hiena, de olhos fixos na distraída e tonta lontra.

Não importava quantas vezes era contado, a lontra e alguns outros bichos ficam com caras de bobo, como que não compreendendo chongas do que era dito.

– Você é demais hiena! – comenta a falsa raposa.

Um calado e astuto lobo-guará se dá conta de que os mesmos bichos que não entendem a comunicação da hiena em forte sotaque estrangeiro, de repente somem do radar. Ninguém sabia nada ou enxergava nada. Misteriosamente desapareciam do zoológico a ingênua lontra e a raposa malandra.

Com o tempo a bicharada ia 'comendo na mão' da hiena. Ela estabelece hierarquia, conquista respeito e exige parte da ração de alguns dos carnívoros.

– E você lobo-guará? Você entendeu mesmo a história? – pergunta a hiena já olhando de lado.

– Há, há, há! Sim, claro! Essa foi boa! – responde o lobo-guará, já 'tirando o seu da reta'.

Tempos e clima de suspense, quando a hiena perde a liderança para o recém chegado leão. Gargalhadas se transformam em choro, quando a hiena é quase devorada, e seus 'leais' companheiros acabam de rabo entre as pernas.

E o lobo-guará seguia carreira de sucesso na 'terra dos vivos', ouvindo e falando só o necessário.

MORAL: Na dúvida é sempre melhor dar gargalhadas em piadas de chefe.

O Rato Cobaia e o Chimpanzé Arrogante

Livre arbítrio, uma ova, senhor Chimpanzé! No final somos todos usados pelo bicho homem – inicia o rato branco na gaiola.

– Tudo em prol da Ciência, caro roedor! Terás o nome escrito na História! – consola o primata da jaula.

De volta à sala, entram um cientista e ajudante:

– Por favor, vá catalogar e marcar essa cobaia como x-49! – diz apontando para o rato branco da gaiola.

E chega a vez do rato branco fazer sua parte pelo bem da humanidade. Nele seria injetado sedativo, para depois ser transferido ao intrincado labirinto de entradas e saídas. Um gordo pedaço de queijo era o estímulo.

– Não foi tão mal assim! – diz o chimpanzé, após término da experiência e saída dos homens.

– Não pensaria assim, se tivesse sido você pra lutar contra algo mais forte!

O símio explicava que para experiências mais sofisticadas o macaco sim, caberia como luva. Pois, segundo ele, era o mais evoluído ser das espécies.

O assunto caminhava a um papo *Discovery Channel*, tendo o macaco inclusive, ter que explicar o porquê de macacos no espaço.

De repente o velho cientista retorna. Dá ordens para dois outros assistentes sedarem o chimpanzé. Ele seria levado depois, inconsciente, para outra sala. Seus glóbulos oculares seriam macabramente aproveitados em essências de cosméticos.

Se parecia com algum homem, pouco importava. O primata termina sacrificado, para o bem da Ciência.

Moral: Uma mentira contada outra vez, pode se transformar em verdade de vez.

Quem Se Mistura com Porcos

E um porco doméstico, cego de nascença, foge da fazenda para as cercanias só de porcos do mato. Era ajudado pelo cateto, parceiro leal desde épocas quando não tinham muito o que fuçar pra comer.

Era explicado que no tal reino não haveria mais de mendigar pelo que comer, para depois engordar e ser devorado. Os ronca e fuça de lá eram assim organizados: Cateto (cidadão); Queixada (soldado); Javali (nobre).

– Quase lá amigo! – instrui o amigo cateto.

– Fora do caminho! – berrava um queixada imperial, na função de dispersar a via de acesso.

Ele e outros guardas vinham em uma comitiva na direção oposta. Os queixadas davam aviso de suas pomposas chegadas com *tléc-tléc* das mandíbulas ou mesmo com dentadas em incautos distraídos.

– Um estrangeiro? – grita outro dos pecarídeos ao notar o porco cego.

Avisado de que o porco era cego, um queixada se apressa em aplicar dentada. Mas o senso de audição do cego o faz notar passos em sua direção.

E ao tentar desferir a mordida, o queixada é surpreendido por gritos de Haaa! Yaaa! Kachuuuu!

Seguidos de manobra estilo *matrix*, o excêntrico suíno dá uma guinada cento e oitenta graus e replica forte e humilhante dentada no rabo do queixada.

– Como ousas estrangeiro! Atacar uma guarda imperial? – grita o chefe dos queixadas, castigando o cego com sangrenta mordida no focinho.

O chefe dos queixadas, parte para nova mordida. E mais rápido que dizer iááá e rááá! o porco cego, fiel adepto do *kung-fu,* paralisa o chefe de guarda queixada com dentada defensiva encaixada no pescoço.

– Até um membro da realeza não deveria punir um porco cego duas vezes pela mesma ofensa!

A multidão ao redor se admira e vem abaixo com sonoro óóó! Um deixa-disso e era cada um pra seu lado.

No fim, o porco cego agradece a gentileza do parceiro cateto. Mas decide voltar pra fazenda, onde se sentia mais seguro com os fora de sua espécie.

Moral: Melhor estrangeiro em terra livre, do que servo em terra natal (provérbio alemão).

O Trambiqueiro Chopim

Não satisfeito em aplicar golpes, depositando ovos em ninhos de tico-tico, o chopim tenta outra: Petiscar merenda alheia com outros voadores da região.

– Queria fazer assim também! – Solta o Chopim.

Já vacinado, o construtor de ninhos de barro finge-se seduzido pelas lisonjeiras do pássaro preto.

E o João-de-barro não se importa de passar o bê-á-bá de caça ao joão-de-barro, na única condição de que fizesse do jeito que tinha que ser feito. Assim, os dois alados eram vistos juntos no alto de uma caixa d'água da chácara, trabalhando juntos na reforma do ninho.

– Não desanime amigo, chopim! – diz o joão-de-barro, se segurando pra não rir – Isso fortalecerá seu bico e você ainda vai me agradecer!

E o chopim viu que tinha sido ludibriado. Discussão, algumas bicadas e os dois se separam.

Quase noitinha, e chega a vez do chopim avistar o morcego dando rasantes numa laranjeira. Decide que valeria perder uma noite de sono e prosear com o quiróptero.

– Sabe como é, amigo morcego! Quero aprender com quem sabe e não esses outros aí!

O morcego era cego, mas não era burro. O radar dele tinha captado em boa frequência a astúcia bicuda.

– Sem problemas! Antes de caçar mariposas tenho que exercitar minhas asas finas.

O morcego explica que não se importa de repassar instruções de como voar "às cegas", na condição de que o pássaro aprendiz fizesse do jeito que tinha de ser feito. E os dois eram avistados até em cavernas escuras.

– Não desanime amigo chopim! Você vai fortalecer sua asa e nunca vai se perder no escuro! – diz o morcego, quase se entregando na pegadinha.

O chopim entendeu que tinha sido trollado e feito de ave palhaço da semana: Perde o sono a troco de nada; e sem poder abrir muito o bico de tão doído.

Moral: passarinho que acompanha morcego, amanhece de cabeça pra baixo; passarinho que acompanha joão-de-barro, amanhece servente de pedreiro. (provérbio brasileiro).

Um Castor no Pantanal

Arranhando 'Portunhol' de doer, o roedor das terras boreais veio parar em banhados pantaneiros. Visitar as primas capivaras era o objetivo do dentuço.

E no caminho ele pergunta ao curioso senhor lontra, que vivia como 'bicho grilo' naquelas paragens

– *Excuse-me*! Prrecizárr falárr com doña Capybara!

Seguidos de tantos '*excuse me*' e '*comé, nun intendi!*' o diálogo pifa na trilha. A lontra torcia os bigodes, fingindo entender o que o de cauda longa dizia.

O castor também fingia compreender a lontra. Grande parte da comunicação era no falar alto, com gestos, ou em câmera lenta (a passos de cágado).

Mas o bom senso prevalece, com senhor lontra atuando como guia turístico, levando e despachando o perdido castor até um "puxadinho" de lama. Era naquela região, à beira do banhado, onde dona capivara morava.

– Eu visitarr *my cousin* (minha prima) Capybara!

– Ah ok 4 me! Só se 4 *now*! – responde a lontra.

Eis que no caminho, um ipê-amarelo bloqueia a rota. E não tinha plano B, pois contornar era muito longe.

– No precisárr, Mr. Lontra! Eu ser arquitecto! Eu cortarr árvore e *después*, passarr. *No problem*!

O castor avança voraz ao ipê caído. Com seus dentes de frente, corrói o tronco do ipê sem vacilar.

Pronto! Em minutos era reaberta a picada pra onde residia a família das primas capivaras do castor.

– Uau! Que vibe diferente! – exclama a lontra – você sabe mesmo destruir uma árvore! Sem refugar, véi!

Na beira do banhado, senhor lontra sugere nadar até a beira oposta do banhado, só pra ganhar tempo.

– Uau! – exclama o castor – *You really like swimming!* (você realmente gosta de nadar!).

Senhor lontra vendo que o diálogo estava fluindo e dando liga, em bom *"portunhol english", responde confiante*:

– Laikar *nosotros laikemos!* Mas *fish* que é good nóis não *have* aqui!

Moral: Aquele que fala uma língua é uma pessoa; Aquele que fala duas línguas são duas pessoas (provérbio turco).

O Macaco Prego e o Termômetro

Preso na gaiola do laboratório improvisado, numa tenda no meio da selva, o astuto macaco prego, observa a tudo e a todos. Aprende sobre experimentos e vacinas aplicados em parceiros também cobaias, enjaulados naquele lugar. Cena repetida todos os dias, como bate-estacas na mente do primata.

– Vamos medir a temperatura deste aqui!

No dia seguinte, os cientistas se dão conta de que o animal tinha fugido. E também com ele o termômetro.

– Essa coisa, mede nossa temperatura! – explica o macaco prego exibindo o termômetro ao bando. A comunidade de símios, atenta, presta atenção a cada detalhe.

Contrariado, o macho alfa dos macacos prego tenta provar que o termômetro é uma farsa. A intenção é melar e detonar a credibilidade do recém repatriado.

Bem intencionado e preocupado com o futuro do bando, o macaco fujão explica aos mais velhos e sábios que o termômetro servia para medir a temperatura do corpo. E que no caso de temperatura na escala em vermelho, significa que o indivíduo estava doente e febril.

– Como ter certeza de que a cor vermelha é padrão para medir a febre? – discute o macho alfa.

Ele sacudia a cabeça, usava palavreado bonito e observava de rabo de olho ao redor, se o bando acompanhava a linha de raciocínio dele.

E os sábios sugerem uma prova: testar o termômetro num jovem macaco prego doente do bando.

O termômetro marca 40 graus de febre do animal. Os outros animais em pânico, não sabem o que fazer.

Com o termômetro nas mãos, o macaco prego explica didaticamente que é possível e necessário repassar o que tinha aprendido nos experimentos, desde os tempos de quando enjaulado no laboratório.

– Eu avisei! – grita o macho alfa – Esse objeto é o real causador da doença do jovem!

Então o bando em fúria, corre ao encalço do macaco prego fujão, que foge de volta ao laboratório.

Não constava na agenda ser atacado e morto pelo próprio bando. Preço caro demais pra tentar resgatar os de sua espécie, da perpétua escuridão da ignorância.

Moral: Quando a culpa é do termômetro, não há febre que baixe.

Jacaré Surfista

O Circuito Mundial de Surf chega abalando os de sangue frio nas ondas da Pororoca, foz do Rio Amazonas.

Final: Caimã (EUA); Crocodilo do Nilo (EGI); Crocodilo de Água Salgada (AUS) e Jacaré-Açu (BRZ).

Baterias de competições seguiam conforme o planejado pelos organizadores. Então veio a surpresa:

– Cardume de piranhas! – grita um dos jacarés.

E o medo não era disfarçado por ninguém. Piranha não constava no script. As devoradoras tinham má fama na região e estavam longe de terem vida fácil!

Não querendo fazer feio pra sua torcida, o Crocodilo do Nilo de um *splash*, entra na água motivado, indo pegar onda, depois de anunciado o nome.

Primeira onda. Segunda onda. E nada do crocô botar a cabeça pra fora e dar o ok pra organização.

–   Ai meu Deus! - grita alguém da torcida.

Com a longa cauda a réptil líder de torcida, aponta para o que sobrou do Crocodilo do Nilo, trazido pelas ondas do Atlântico. O temido e gigante, de terras africanas, vira um caldo de pele e ossos.

– Poxa, isso é crocodilagem! – dizia um dos reptilianos da organização.

Um negociador foi providenciado. Mas as piranhas não queriam papo. Achavam-se donas do Amazonas.

– Tudo bem, tudo bem dona piranha! – sugere um diretor – E se a gente repartir os lucros do evento?

E não é que as piranhas topam! O evento seguiu e todos felizes pra sempre.

– O que você disse a elas? – pergunta a secretária Jacarepaguá.

– Ué, só comentei que as equipes tavam dando sangue pra ganhar a competição! – responde o jacaré-de-papo-amarelo – Daí elas se animaram, e disseram que nada ia acontecer! Agora é confiar né!

A secretária abana a cabeça. Sabia o quanto de bolsas e sapatos de peles de jacarés iam aparecer boiando nas ondas naquele dia.

Moral: Em rio que tem piranha, jacaré nada de costas (provérbio brasileiro).

O Apagão do Peixe Elétrico

Capturado em pesca ilegal, ele é comercializado, virando atração em recém inaugurado aquário no Japão. Afinal, não era todo dia que se podia apreciar ser exótico, capaz de descarregar 600 v de tensão elétrica em vítimas ou predadores.

– Meu caso foi parecido, colega! – lamenta outro capturado – Nem me lembro como era a vida nos rios!

Num espaço de dias, outra leva de peixes elétricos era despejada no mesmo tanque. Amigos de infância do mesmo peixe elétrico, do mesmo rio amazônico.

– Você também aqui? – admira-se o recém chegado.

O peixe veterano então sente-se aliviado, estando a par de seus familiares livres e salvos do mesmo destino.

E os dois nutrem uma *kilowáttica* amizade. Antes deprimido, o veterano agora fica maleável. Tenta salvar energia dando resistência e força ao novo camarada.

Mas o peixe elétrico novato alimenta ódio mortal contra todos, se tornando o tipo "fio desencapado" das águas, prometendo vingança.

E a vingança vem, quando o encarregado do aquário surge para limpeza semanal.

– Unidos produziremos uma carga dobrada. Tocamos a perna daquele mané, que cairá mortinho!

Tudo certo a não ser por um detalhe: os dois filhos menores do encarregado vieram olhar como o pai trabalhava. E isso não estava no plano.

Embora a tarefa do homem não fosse lá tão eletrizante, as crianças brilhavam de orgulho do pai.

– Esquece isso! – desconversa o veterano elétrico, decidindo abortar tudo – O homem tá com as crias dele!

– Nada disso! – protesta o novato. Quando estávamos com nossas famílias não pensaram nisso! Vamos sim!

De repente, o veterano descarrega choque, imobilizando o peixe novato. Assustado, o funcionário pula fora do aquário, a tempo de salvar a própria pele.

O veterano pede desculpas pelo choque de realidade. Explica que a infeliz idéia não passaria de um curto-circuito destrutivo a todos. Além de nem servir de passagem de volta ao lar doce lar da Amazônia.

Moral: A maior glória na vida não é em nunca cair, mas em se levantar em cada tombo que a vida trouxer.

Quem Tem Filho Barbado é Gato

Uma onça-pintada deu à luz a dois machos. Uma oncinha de pêlo manchado, igual ao de outros do pantanal; e seu irmão, uma oncinha-pintada negra.

– Assim não vale! Ele sempre consegue ser o primeiro a dar o bote! – reclama o irmão pintado-negro.

– Basta! Na hora certa, vocês dois terão as mesmas chances na caçada! – repreende a mãe.

Verões passam. Os filhotes crescem e são quase independentes. Um estampido e pá! Mamãe onça-pintada caía morta. Um caçador e tiro certeiro no felino.

Desnorteados, os pequenos correm pra longe dali, pra não serem também capturados pelo caçador. Caminham juntos por um tempo, até que a fome aperta. Daquele dia em diante, era cada onça pra cada lado.

E o irmão onça-pintada teria deixado a mãe orgulhosa, se tivesse visto abater aquele porco do mato.

–Você poderia repartir um pedaço, hein! – suplica o irmão onça-pintada negra – O danado tentava convencer, ficando deitado em berço esplêndido.

O irmão onça-pintada negra esturra, rosna, nada. Queixas não comoviam ninguém do clã felino.

De fato, a onça-pintada negra vira piada. Chega ao ponto de sobreviver de restos de caçadas alheias.

Sozinho e sem nada a perder, tenta o bote num tamanduá-bandeira. Coitado! Quase é estraçalhado pelo abraço do comedor de formigas.

Tenta abocanhar um ouriço-caixeiro. A infeliz ideia resulta num doloroso e complicado arrancar com as patas, os espinhos cravados no focinho.

Faminto e exausto, veio o clique para a onça-pintada negra. Caçar à noite. Sim, a beleza de sua pele rara não podia ser notada ao escurecer do dia.

E a onça-pintada negra pára de choramingar e ter pena de si mesmo, desde quando ainda gatinho.

Agora, bichos e homens sabiam quando era hora da onça beber água.

Também sabiam que avistar uma onça-pintada negra no calar da noite, era como ver a alma separar-se do corpo, possuída de tanto pavor.

Moral: Na escola da necessidade, quem é vivo tira dez.

A Sinceridade do Boi Malhado

A amizade entre um pássaro graúna e o boi malhado era o ti-ti-ti na fazenda.

– Não se preocupe amigo bovino. Vou tirar os carrapatos de seu couro, se você me permitir.

O pássaro graúna ia se alimentando dos irritantes insetos nas costas do ruminante. Em troca o malhado daria alerta, caso algum predador desse as caras.

Mas o boi resolve dar com a língua nos dentes e falar mal do pássaro graúna. E não era conversa pra nenhum boi dormir no celeiro, não! Bovinos, caprinos, suínos e ovinos. Todos atentos a outro agito rural.

E até galináceos dos vizinhos se empoleiram no galpão pra saber do último boato de que a graúna bota ovos em ninhos alheios, para que outros pássaros os choquem e criem seus filhotes. Um escândalo no celeiro.

Como a fofoca é um vento de direções opostas, a graúna também fica sabendo do "disse-me-disse":

– Amigo Malhado! Só um dedo de prosa, se não me levar a mal!

O incrédulo e ressentido pássaro, toma as dores e pergunta sobre o que realmente foi dito pelo colega.

– Ô graúna, foi eu mesmo que falei! Afinal de contas, sou franco e sincero! Não tenho papas na língua!

O graúna, cabisbaixo, decide que era cada um pra si. Voa mais alto que pôde, e parte para outras roças.

O tempo que cura todos os males, passa. E o sincero boi malhado se vê em apuros. Tenta inutilmente se livrar dos carrapatos e pragas que se alastram no corpo. Procura ajuda entre os do celeiro. Mas os outros animais se desvencilharam.

Alguns de boa vontade tentam esticar-lhe uma pata amiga, mas até pra eles era impossível.

Não demora e o boi tem o corpo tomado por bicheiras. A situação chega a tal ponto, que o malhado teria que amputar uma das patas.

E foi assim que o boi malhado acabou sendo sacrificado. Para o dono da propriedade, que era relaxado, o boi era um animal a menos para cuidar.

Moral: O homem é dono do que cala e escravo do que fala (velho provérbio).

O Casamento do Porco-espinho

A espinhosa fábula assume tons de novela mexicana, mesmo lá nos rincões dos Pampas.

E o já enfezado pai não mandava recado:

– Ouriço-Luís, meu guri! Tu tá jovem pra assumir em cima do laço! Essazinha 'ouriçada' pra casar, tchê!

– Mas bah! – azucrina a mãe - ela nem é 'prenda' decente pra ti, Ouriço-Luís! A guria não é da campanha!

Seus destinos se cruzam, quando o jovem, afanando ovos do galinheiro de uma estância, fugia da matilha de cães. Olhares e amor à primeira vista.

Mas uma trama romântica latina é assim: sempre um "De Repente", pra mudar em cento e oitenta graus. E ele veio a galope, quando Ouriço-Luís pega no flagra Ouriça-Bella nos braços de Don Ratón del Banhado:

– Desculpe, Ouriço-Luís! Meu coração tem outro dono! – responde Ouriça-Bella, olhando pro chão.

'Bella' explica que tinha conhecido 'Don Ratón', num barzinho chamado 'La Toca´s Pianno Bar'.

Don Ratón-del-Banhado sai manso para evitar barraco maior. Pede licença e se arranca dali pra papear com um casal de cutias do outro lado do banhadão.

E pra agitar a relação, entra em cena uma paca e um tatu. Os dois procurando os amigos Ouriça-Bella e Don Ratón para uma saideira.

– Então! – esbraveja Ouriço-Luís – Toda a campanha tá sabendo do lasqueante vexame, hein guria!

– Calma pessoal! – instruía senhora cotia.

Do nada, surge a roedora, amiga dos dois tentando soprar brisa de minuano no casal.

– Baita arapuca, tua, Cotia-Clarice! – acusa o enganado noivo – Tu que apresentou a prenda pra esse 'Rato' gaudério na última invernada, tchê!

Pra encurtar o jururu 'felizes para sempre' da história, o casal de ouriços se reconcilia em tempo.

– Cotia-Clarice, sua bruaca! Tu teve sim, um affair com Ouriço-Luís – grita Ouriça-Bella.

Mal traçadas linhas em outra fábula, não percam.

Moral: Paca, tatu. Cotia não! (provérbio brasileiro)

O Guaxinim e a Toca Assombrada

Todos pra fora, agora! – grita a mãe guaxinim naquela noite de chuva forte.

Dentro do antigo cemitério indígena charrua, ao pé de uma bracatinga, residia mãe e três filhotes.

O temporal praticamente derrete as paredes da toca, só dando tempo dos menores saírem pra fora e ver a mãe ser enterrada viva por quilos de terra e entulho.

Os esforços dos sortudos animaizinhos foram inúteis em tentar salvar a mãe. Resta ao mais velho, recolher-se com os outros guaxinins ensopados, e esconderem-se em lugar seco e seguro nos Pampas.

– Se não tivesse escavado em brincadeiras naquele dia, talvez a mãe tivesse aqui agora! – desabafa o guaxinim mais velho, tempos depois.

– Mano véi, deixa disso! Você não teve culpa! – repreende um dos mais novos.

– A mãe teria ficado orgulhosa pelo que tens feito por nós! Vá viver tua vida! – aconselhava outro irmão.

Verões e invernos se passam e os dois irmãos menores, tomam suas vidas com suas fêmeas e proles.

O mais velho decide se recolher solitário. Procura outra coxilha, ou banhado pra refletir sobre os muitos "E se." que atormentavam o pensar.

Vida que segue, o mão pelada forma família própria. Junto ao banhado, era ele, a amada fêmea e dois filhotes.

Outro dia de chuvas. E como num filme já visto:

– Cuidado! esbraveja papai guaxinim – Saiam todos! A toca vai desmoronar!

E o local se desfaz com o aguaceiro. Por um triz estavam salvos, pai, mãe e os dois filhotes.

Foi no último minuto que papi guaxinim decide sepultar o torturante e suicida fantasma do passado. Enxerga que o futuro da família é o que mais importa. Afinal, quem não merece uma segunda chance?

Moral: Desenterrar arrependimentos do cemitério passado é a fórmula para assombrar o presente e sepultar um futuro.

O Julgamento do Quati

Uma comunidade de quatis organizada, com senso de ética e moral. Os veteranos eram eleitos juízes, botando ordem e senso nos mais jovens.

– Fica sussi mãe! O juiz é nosso amigo desde os tempos de filhote! Não vai dá nada! – afirma o altivo e confiante jovem quati, no aguardo da proferida sentença.

Envolvido com gangues do lado argentino das Cataratas do Iguaçu, o quati tinha sido pego em flagrante. O grupo aterrorizava a região, saqueando lanches e mochilas de turistas daquele belo lugar.

– Com a palavra o advogado do acusado!

E o advogado do quati ganha os holofotes. Afirma que o quati acusado era outra vítima da vil e cruel sociedade e que ele era inocente produto do meio.

– Com a palavra a promotora! – concede o Juiz.

A promotora tira do chapéu o argumento de que atitudes como a do acusado, poderiam desmerecer a comunidade. Pra ela um castigo exemplar era imediato.

Após ter ouvido todos, o Juiz chega ao veredicto

– Diante das provas e relatos de testemunhas, eu, na condição de julgador da questão, condeno o senhor quati a três semanas de trabalhos forçados. A sentença deverá entrar em vigor imediatamente – encerra o rito.

Decepcionado, o jovem quati não entende porque o antigo amigo de infância de seu falecido pai não tinha "aliviado pra ele".

Dia seguinte e lá estava o jovem quati cumprindo sua parte em trabalhos forçados: manter o clarão da mata de acesso dos animais, imaculadamente limpos.

– Ué, o que o senhor tá fazendo aqui? – pergunta o jovem condenado quati, ao juiz que lá se apresentava.

Na condição de quati comum, o ancião juiz lá estava para ajudar o jovem com as árduas tarefas.

– Não posso voltar atrás com a lei. Mas posso e devo ajudá-lo a enfrentar o fardo que ela dá. Fui amigo de seu avô, de seu pai e continuo seu amigo também.

Moral: "Ética é aquilo que se faz quando todos olham; Aquilo que se faz quando ninguém olha chama-se caráter". (Oscar Wilde).

Animal Símbolo da Sorte

"Leão eleito rei dos animais na África". A notícia mais comentada na mata. E os bichos da fauna também decidem eleger o animal-símbolo da terra *brasilis*.

Figa, pés-de-coelho, superstições Pássaros, répteis, mamíferos, felinos e anfíbios de norte a sul da mata. Todos ansiosos pelo título de símbolo do país.

Desclassificados: Onça Parda, porque na hora de beber água, devorou um quati, que era justamente um dos jurados; A Anta, pois na hora de votar, mostrou-se confusa. O quê, onde, quando e pra quê, era o que dizia.

A confusão foi quando um lá da torcida soltou berros do tipo: O papagaio é "louro e só quer biscoito".

A ave não se contém em fúria, repetindo palavras de baixo calão, despencando o nível da competição. Teve que ser enxotado, enquanto o companheiro jacaré 'amarela' e cessava o papo, ficando em silêncio.

Na categoria répteis, a Jibóia foi desclassificada. O apertado abraço em um dos jurados (lontra) foi entendido como intimidatório.

Restavam: Mico-leão-dourado, Harpia, Sabiá-laranjeira e tatu-bola.

De repente, um apagão na selva: Um eclipse lunar deixa a bicharada no breu da escuridão.

Os jurados se distraem e não percebem: Enviam dois animais errados para levar os envelopes lacrados para leitura oficial do mestre de cerimônias, senhor pássaro tuiuiú. Dois esquilos eram os ajudantes.

No envelope, o nome do animal símbolo do Brasil.

– Ué, mas quem pegou os envelopes então? – pergunta o macaco-prego, chefe dos jurados.

– Pela demora, acho que o envelope foi pro jabuti e o parceiro dele, o bicho-preguiça! – revela um caxinguelê, sacudindo a cabeça.

E foi assim que até os dias de hoje, o resultado final ainda não foi conhecido. Nem por onde anda a dupla dos mensageiros ligeiros.

Moral: Se ferradura fosse símbolo de sorte, burro não puxaria carroça. (provérbio brasileiro).

O Lagarto Teiú e a Máquina do Tempo

E um idoso lagarto Teiú, vai parar no interior de uma geringonça abandonada na mata atlântica.

Comportamento e linguagens de seres vivos eram acessados automaticamente por simples leitura de pensamento na impressionante máquina do tempo.

O réptil silvestre não titubeia e exprime o desejo de retroceder nos anos dourados, quando tinha conhecido sua fêmea e com quem tivera ovos e filhotes.

Como num daqueles portais luminosos de filmes *sci-fi*, um zunido, seguido de bips e zaps, lá vai o réptil sendo teletransportado para outra época no mesmo lugar.

– Como assim, não posso mudar? – protesta o animal, junto à atordoante máquina de chaves e botões.

Por saber o que já tinha acontecido antes, o lagarto tenta inutilmente mudar o roteiro de alguns eventos trágicos. A morte da amada por índios caçadores tinha que ser apagada no tempo, custe o que custasse ao Teiú.

– Não pode mudar uma vírgula do que foi escrito em sua vida – reprova a máquina em pensamento – Não pode mudar uma vírgula... – repetia a ladainha robótica.

– Só quero voltar de onde vim, ora bolas! – perde a estribeira o Teiú, apanhado na armadilha tecnológica.

Mas o Teiú mostra certa intimidade nos controles na máquina e consegue retornar ao ponto de quando saiu.

O portal se abre, e como num raio, parte para a floresta sem fuçar mais nada, pelo menos por enquanto.

Moral: Não se arrependa em envelhecer. É um privilégio negado a muitos.

www.ingramcontent.com/pod-product-compliance
Lightning Source LLC
LaVergne TN
LVHW091611170726
843492LV00007B/2353